Pour Agrafe et ses parents.
Q.G.

© 2013 Éditions Mijade
18, rue de l'Ouvrage
B-5000 Namur

Texte et illustrations © 2013 Quentin Gréban

ISBN 978-2-87142-795-7
D/2013/3712/14

Imprimé en Belgique

Quentin Gréban

Oups !

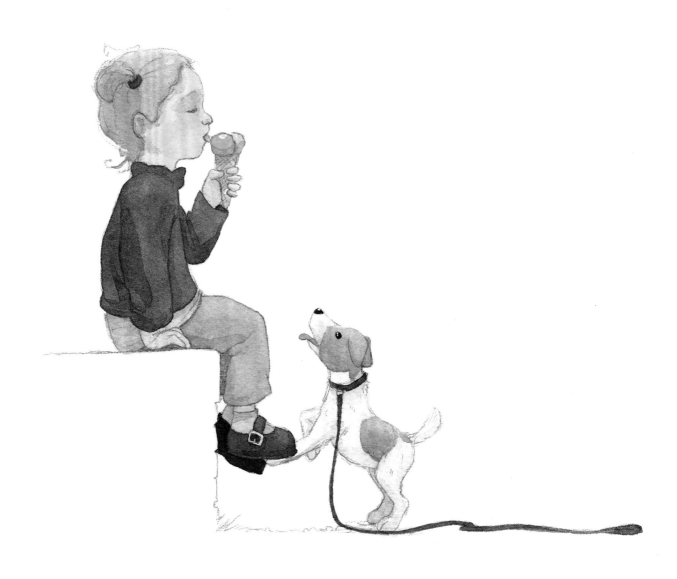

Mijade

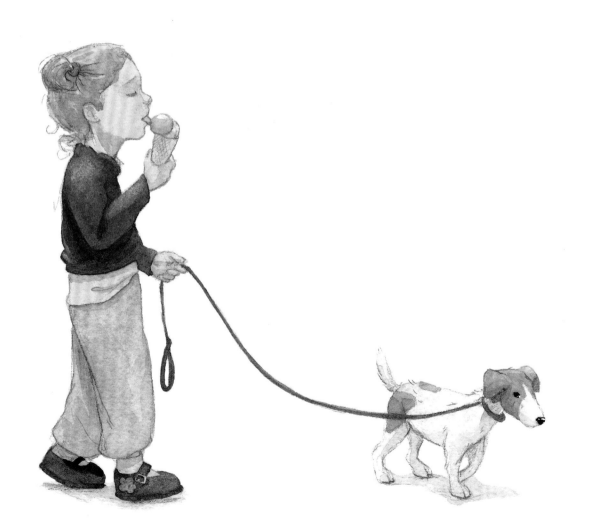

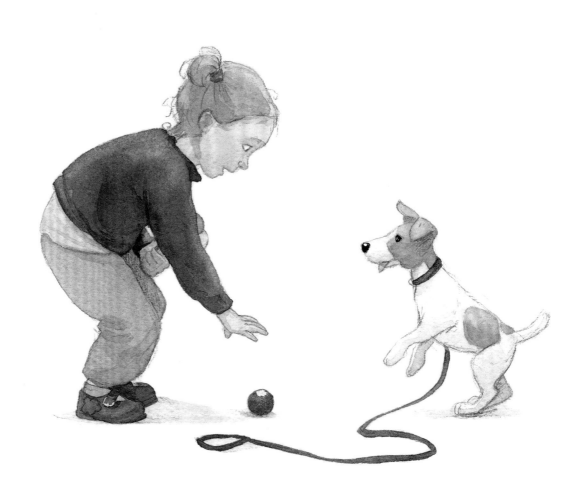

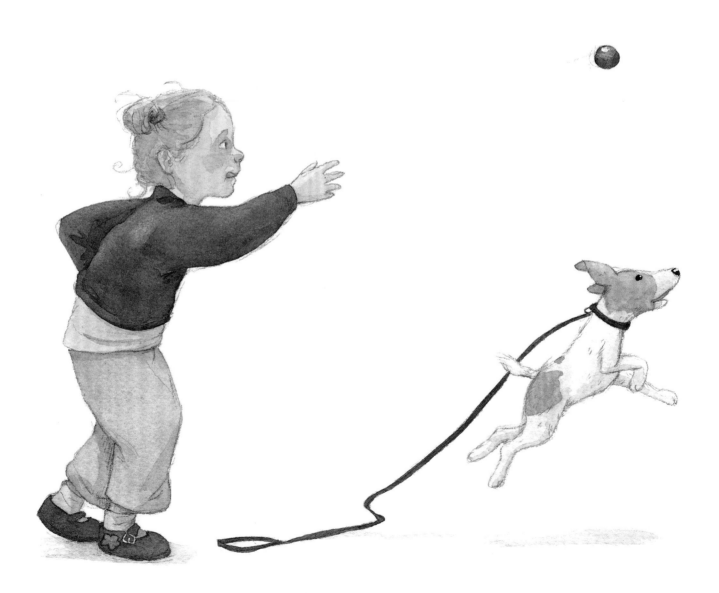

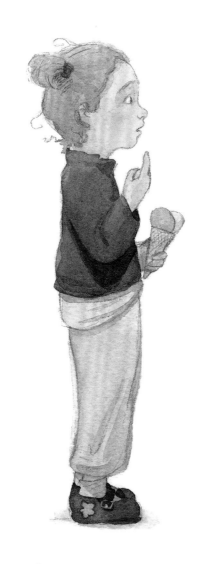

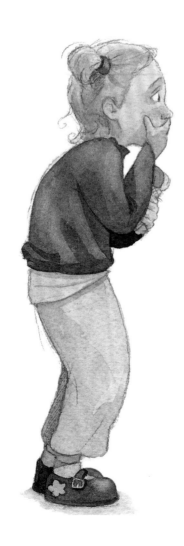

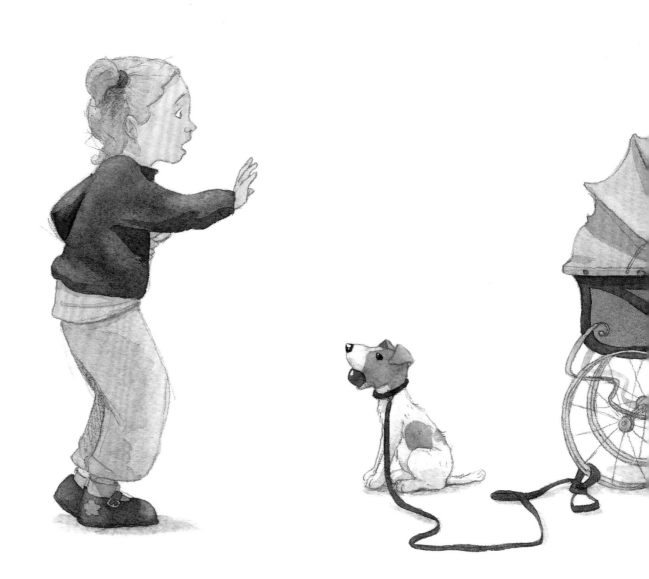

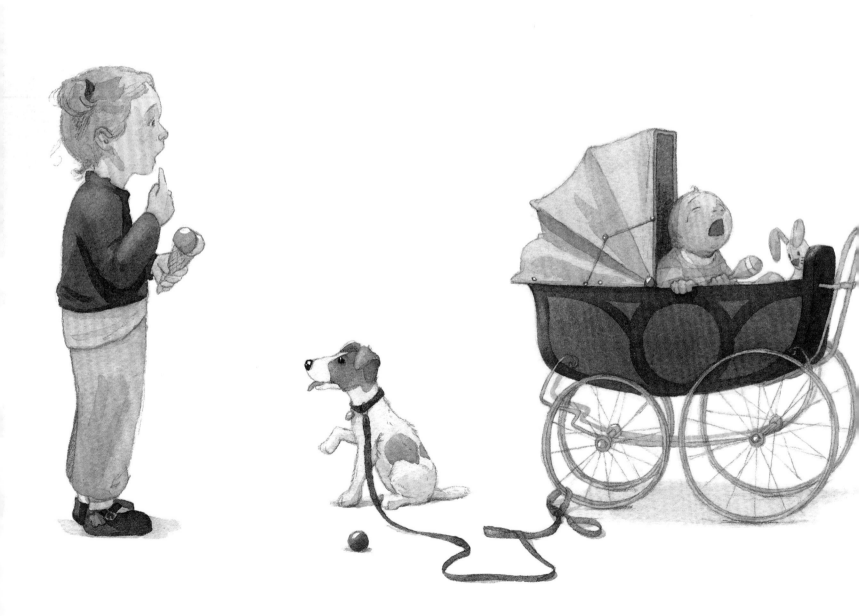

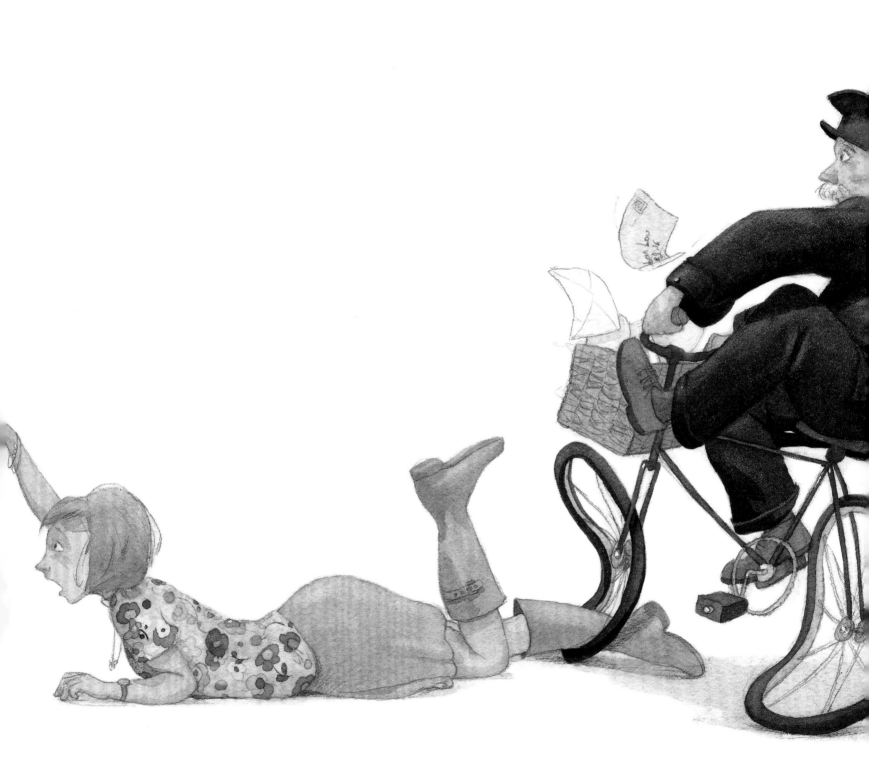

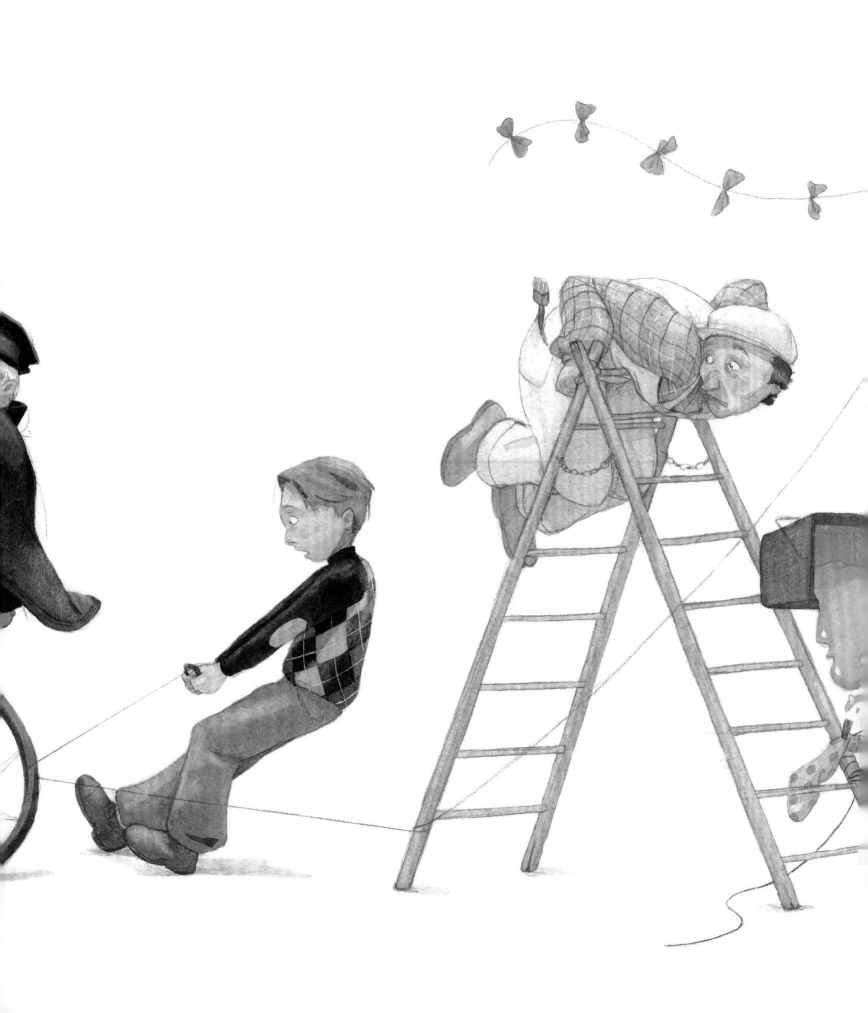

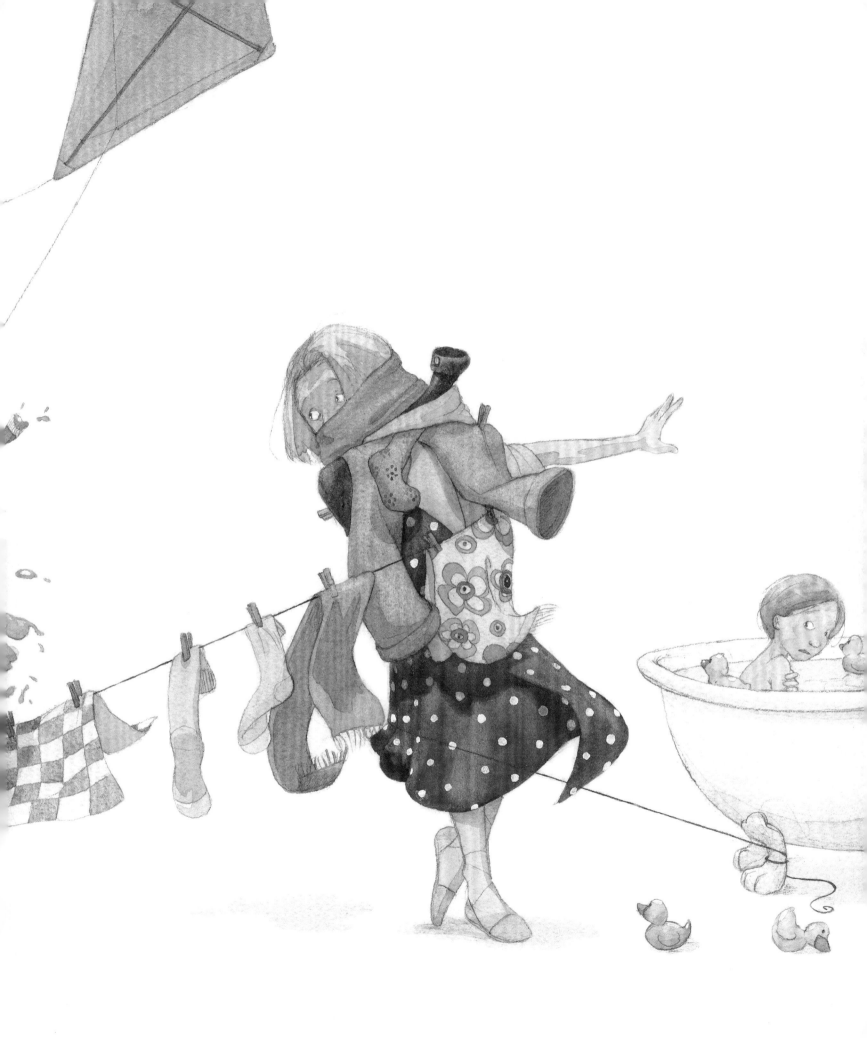

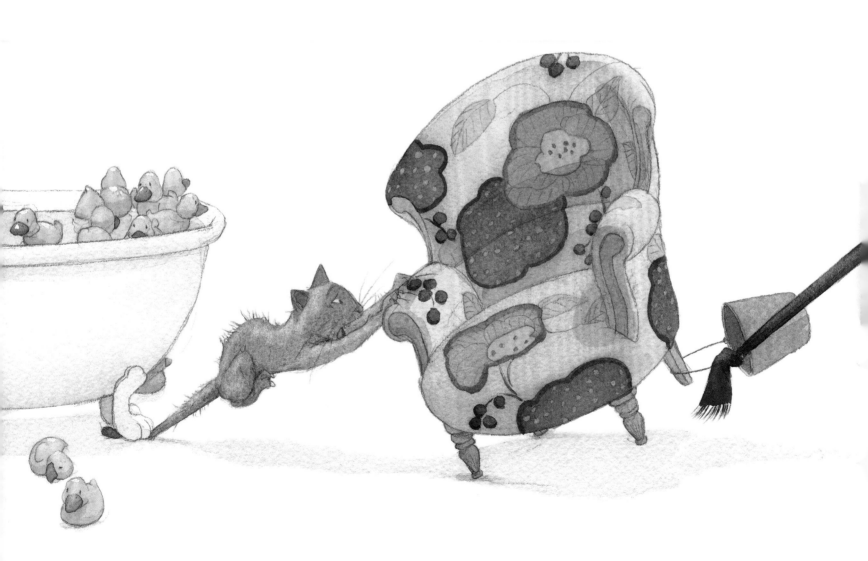

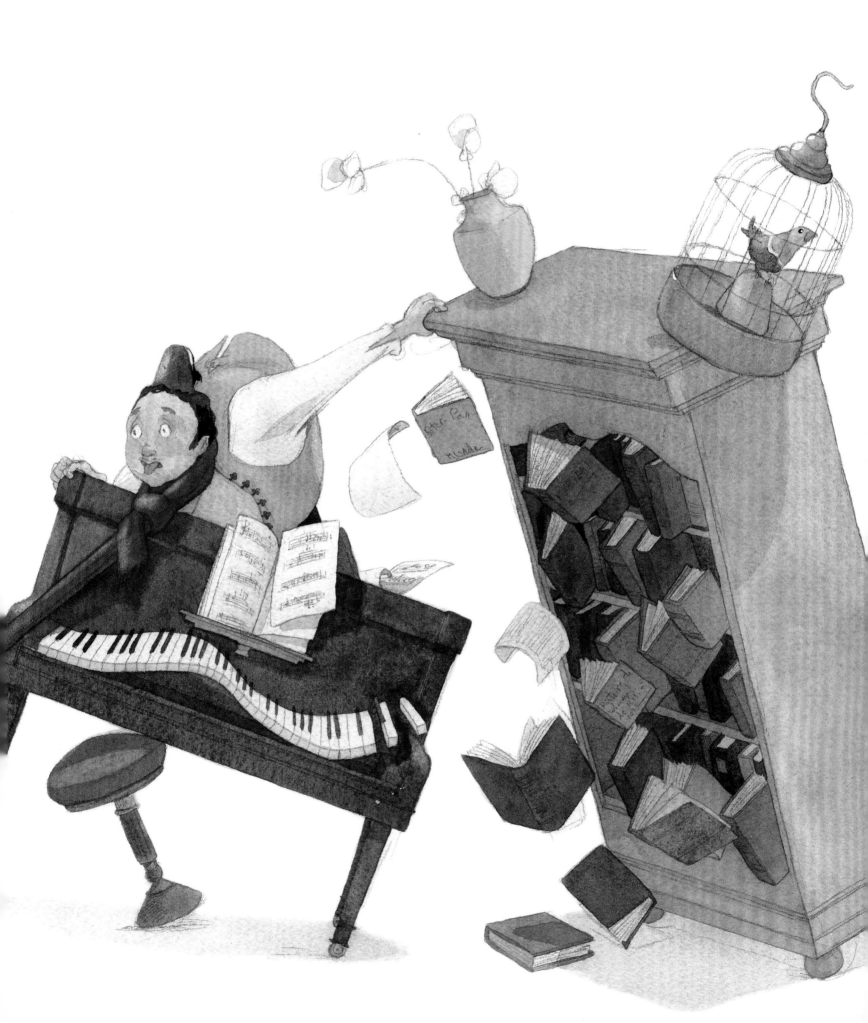

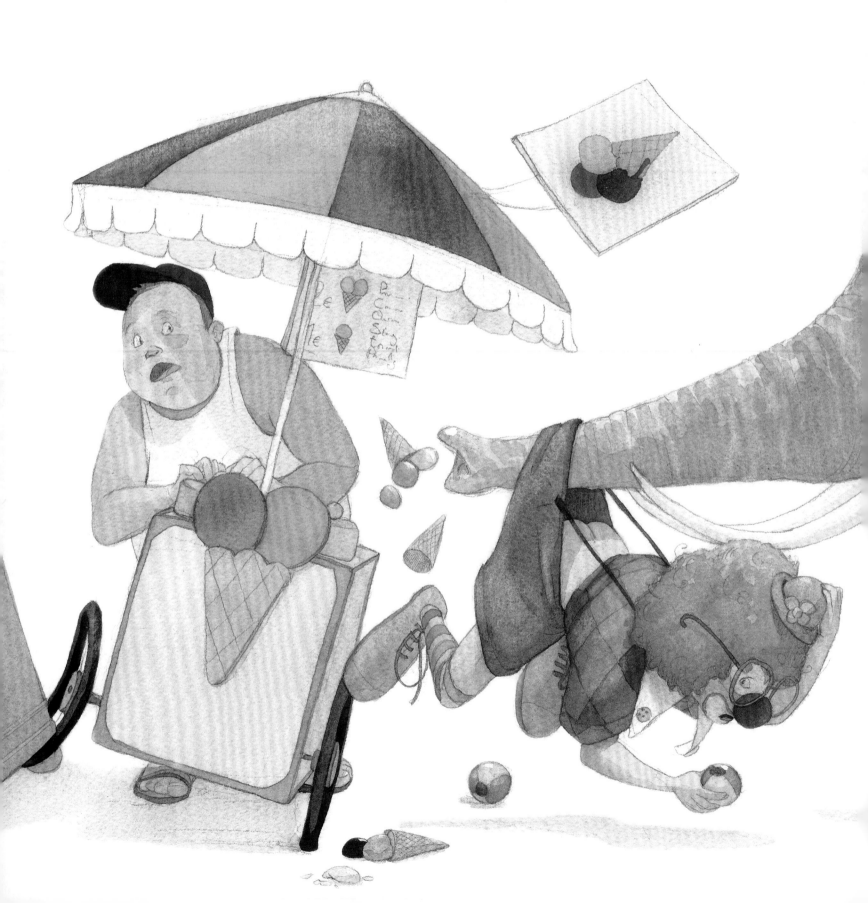

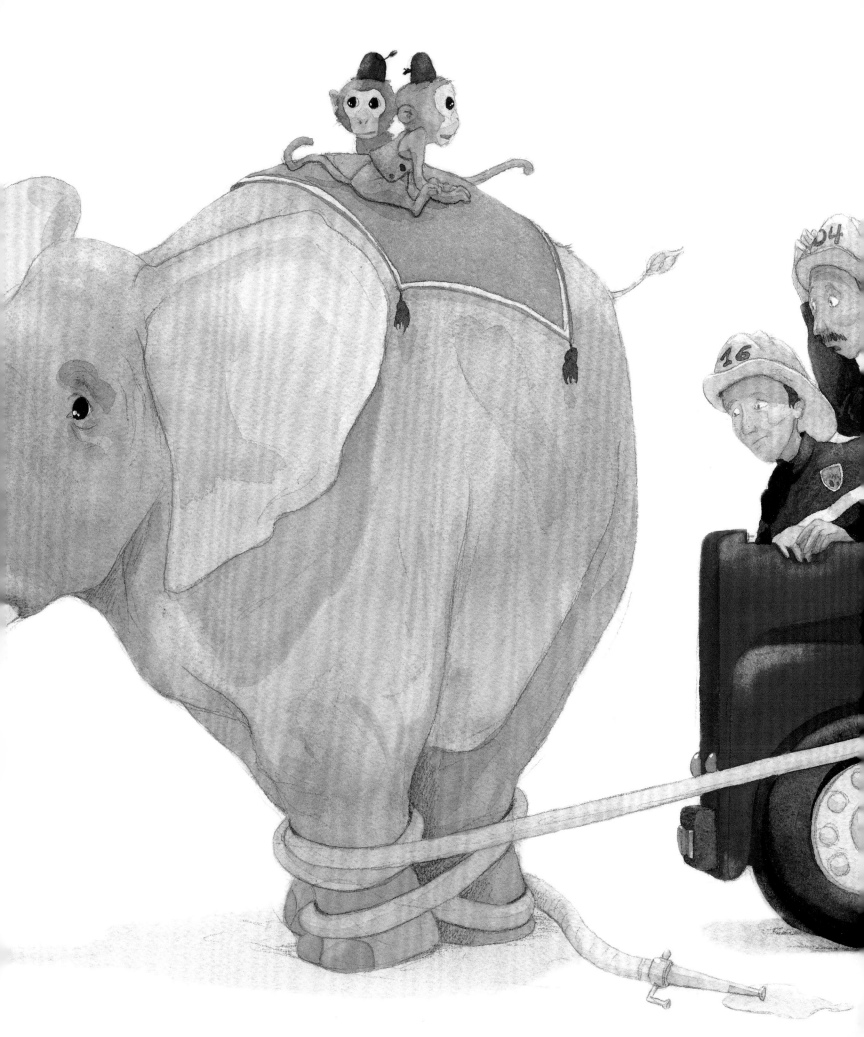

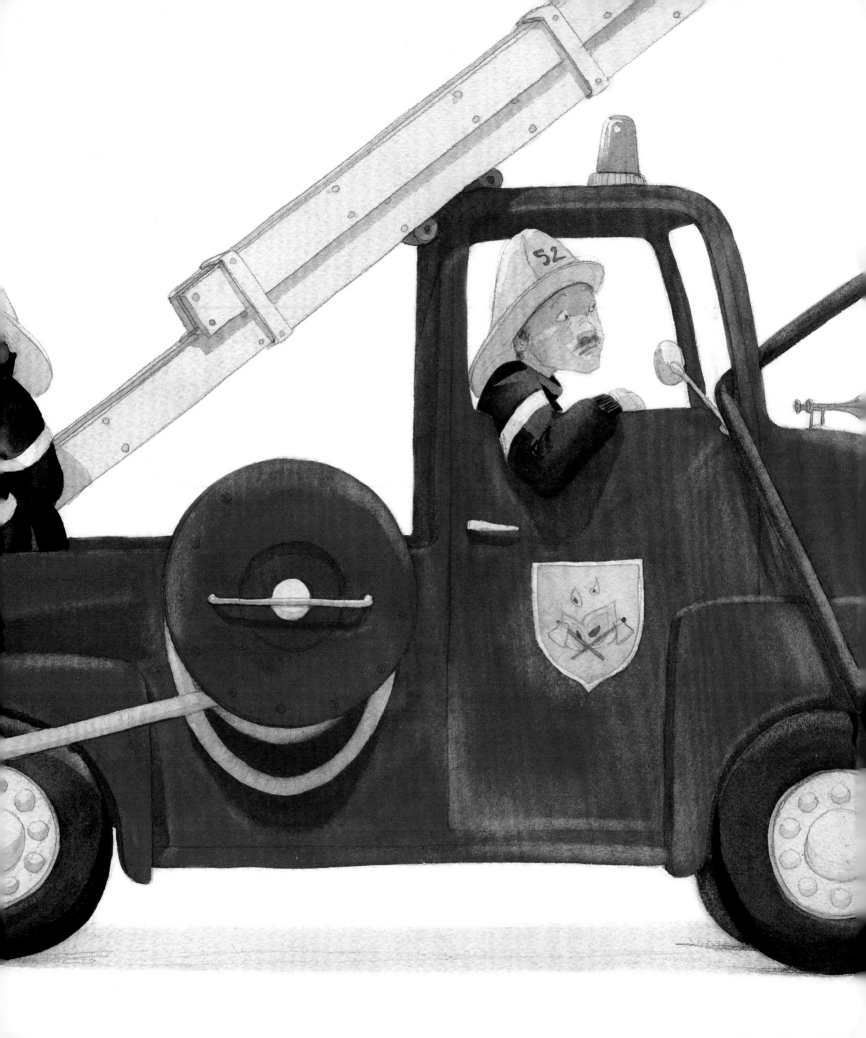

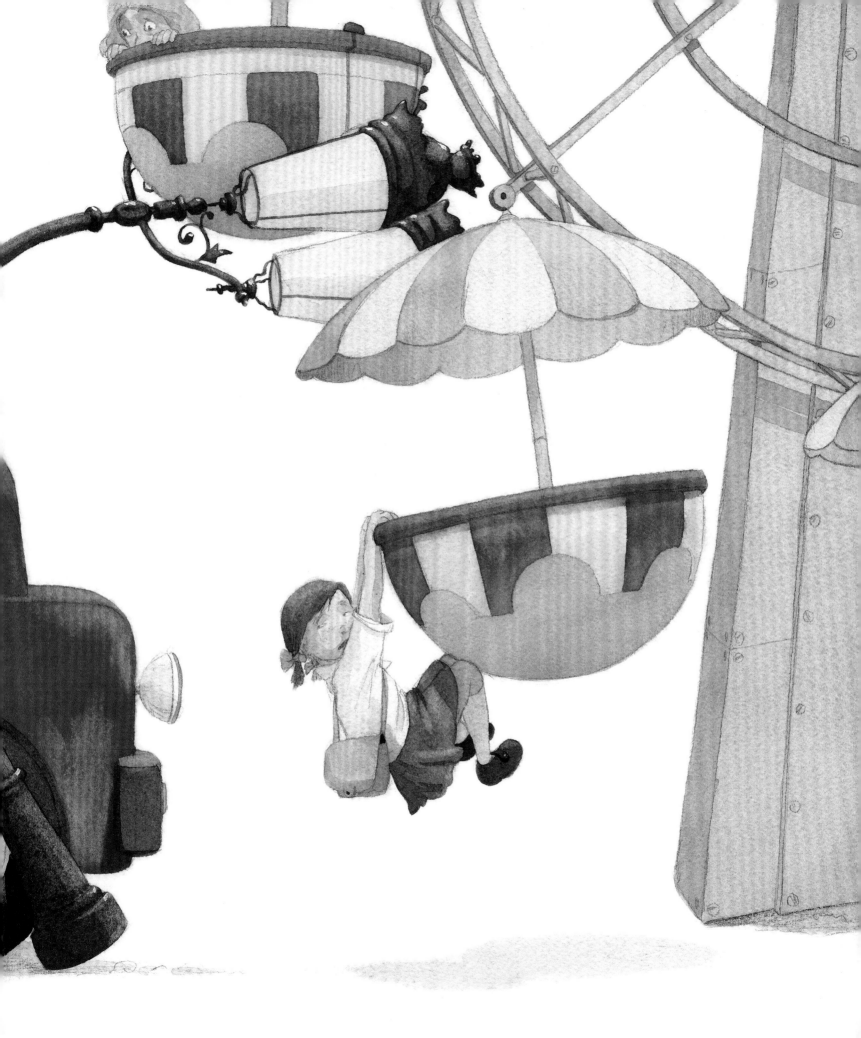

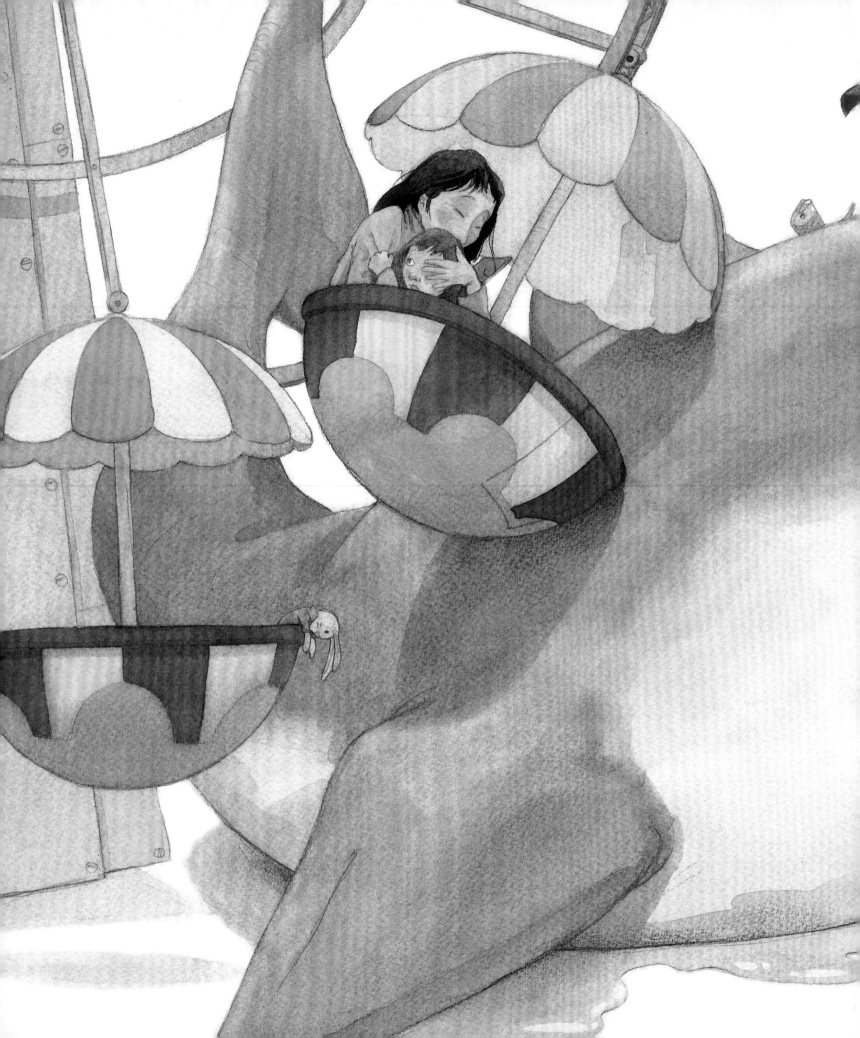

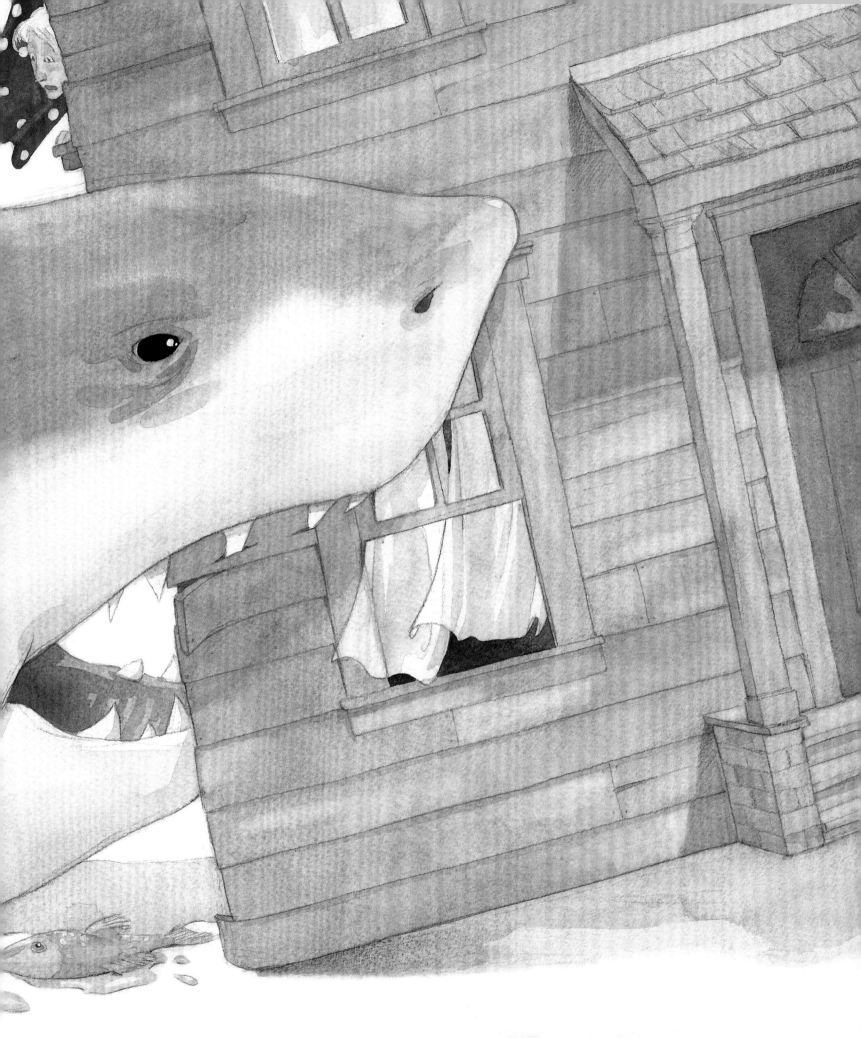

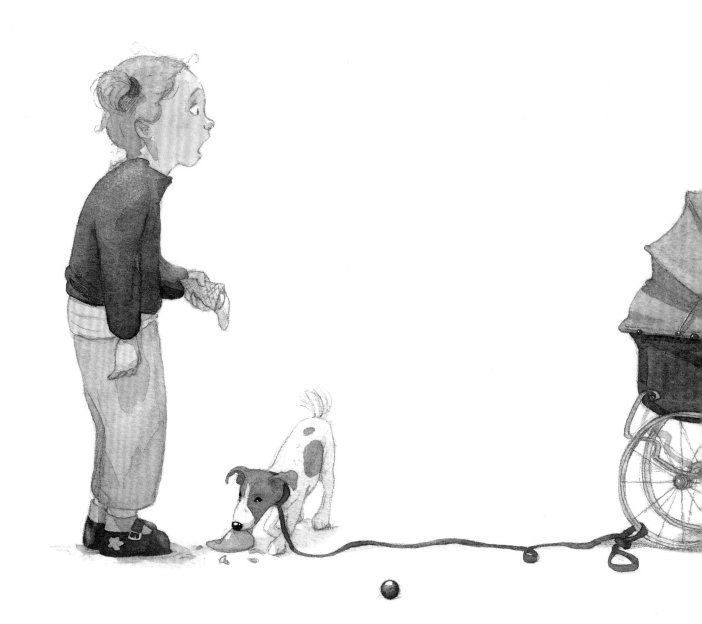

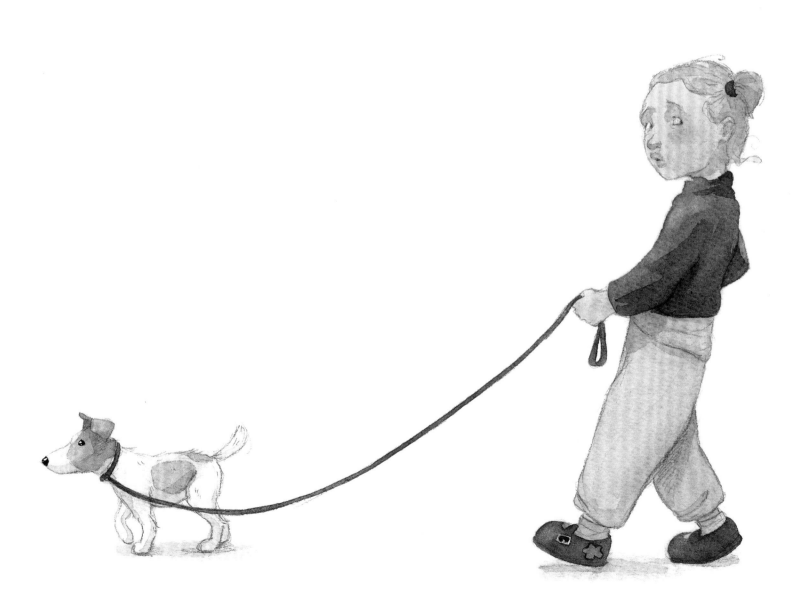

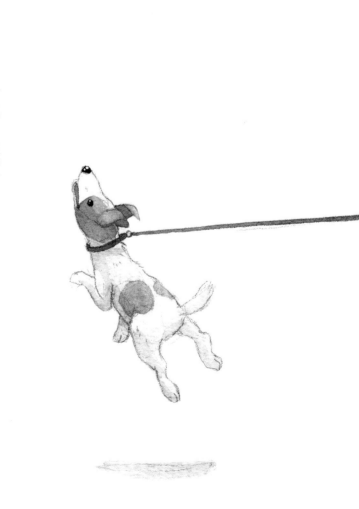

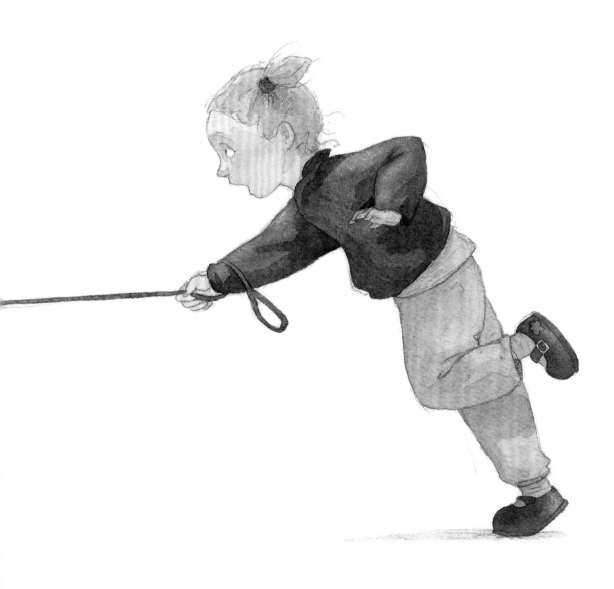

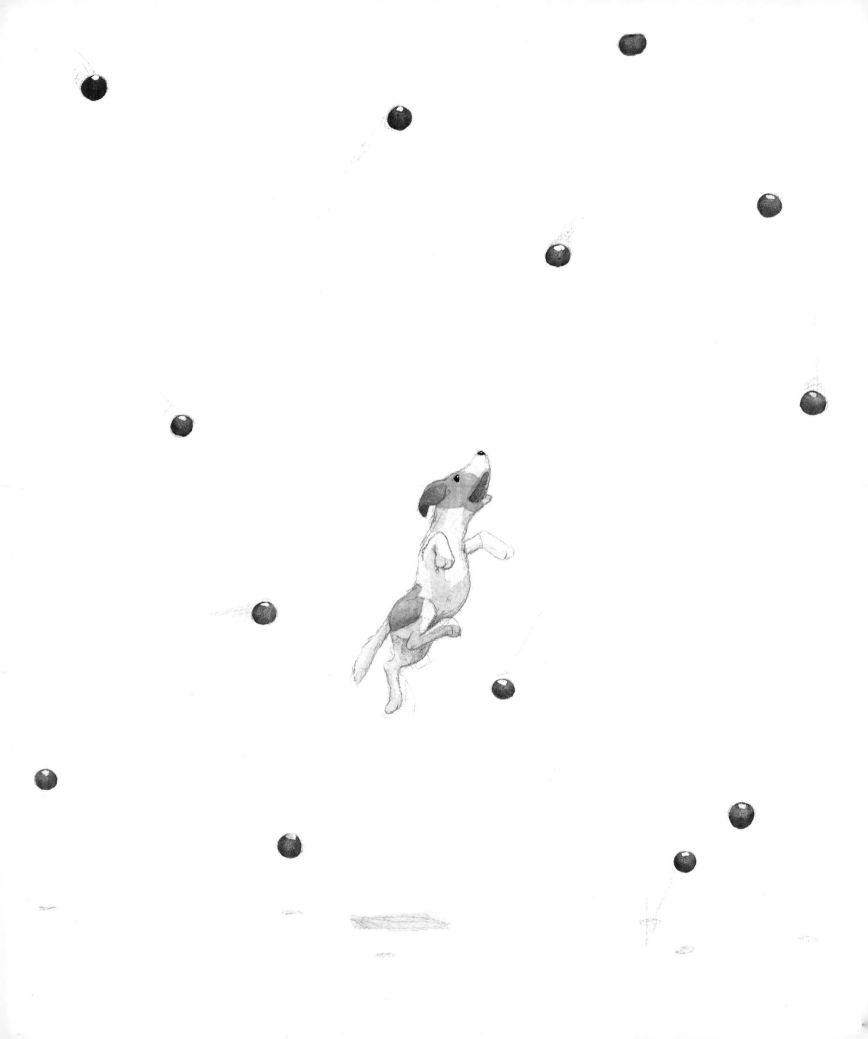